DISCOURS
PRONONCÉS
DANS L'ACADÉMIE FRANÇOISE,

Le Samedi 25 Août M. DCC. LIII.

A LA RECEPTION

DE M. DE BUFFON.

A PARIS,

DE L'IMPRIMERIE DE BERNARD BRUNET,
IMPRIMEUR DE L'ACADÉMIE FRANÇOISE.

M. DCC. LIII.

M. DE BUFFON *ayant été élû par Messieurs de l'Académie Françoise à la place de feu M.* L'ARCHEVESQUE DE SENS, *y vint prendre séance le Samedi* 25 *Août* 1753, *& prononça le Discours qui suit.*

MESSIEURS,

VOUS m'avés comblé d'honneur en m'appellant à vous; mais la gloire n'est un bien qu'autant qu'on en est digne; & je ne me persuade pas que quelques essais écrits sans art & sans autres ornemens que ceux de la nature, soient des titres suffisans pour oser prendre place parmi les Maîtres de l'art, parmi les Hommes éminens qui représentent ici la splendeur littéraire de la France, & dont les noms célébrés aujourd'hui par la voix des Nations, retentiront encore avec éclat dans la bouche de nos derniers neveux. Vous avés eu, MESSIEURS, d'autres motifs en jettant les yeux sur moi; vous avés voulu donner à l'illuſtre Compagnie à laquelle j'ai l'honneur d'appartenir depuis long-temps, une nouvelle marque de conſidération; ma reconnoiſſance, quoique partagée, n'en ſera pas moins vive; mais comment ſatisfaire au devoir qu'elle m'impoſe en ce jour? Je n'ai, Messieurs, à vous offrir que votre propre bien, ce ſont quelques idées ſur le ſtile que j'ai puiſées dans vos Ouvrages; c'eſt en vous liſant, c'eſt en vous admirant qu'elles ont été conçues, c'eſt en les ſoumettant à vos lumières qu'elles ſe produiront avec quelque ſuccès.

Il s'eſt trouvé dans tous les temps des hommes qui ont ſu commander aux autres par la puiſſance de la parole. Ce n'eſt que dans les ſiècles éclairés que l'on a bien écrit & bien parlé. La véritable éloquence ſuppoſe l'exercice du génie & la culture de l'eſprit. Elle eſt bien différente de cette facilité naturelle de parler qui n'eſt qu'un talent, une qualité accordée à tous ceux dont les paſſions ſont fortes, les organes ſouples & l'imagination prompte. Ces hommes ſentent vivement, s'affectent de même, le marquent fortement au dehors, & par une impreſſion purement méchanique, ils tranſmettent aux autres leur enthouſiaſme & leurs affections. C'eſt le corps qui parle au corps; tous les mouvemens, tous les ſignes concourent & ſervent également. Que faut-il pour émouvoir la multitude & l'entraîner? Que faut-il pour ébranler la plupart des autres hommes & les perſuader? Un ton véhément & pathétique, des geſtes expreſſifs & fréquens, des paroles rapides & ſonantes. Mais pour le petit nombre de ceux dont la tête eſt ferme, le goût délicat & le ſens exquis, & qui, comme vous, MESSIEURS, comptent pour peu le ton, les geſtes & le vain ſon des mots; il faut des choſes, des penſées, des raiſons, il faut ſavoir les préſenter, les nuancer, les ordonner; il ne ſuffit pas de frapper l'oreille & d'occuper les yeux, il faut agir ſur l'ame & toucher le cœur en parlant à l'eſprit.

Le ſtile n'eſt que l'ordre & le mouvement qu'on met dans ſes penſées. Si on les enchaîne étroitement, ſi on les ſerre, le ſtile devient fort, nerveux & concis; ſi on les laiſſe ſe ſuccéder lentement, & ne ſe joindre qu'à la faveur des mots, quelqu'élégans qu'ils ſoient, le ſtile ſera diffus, lâche & traînant.

Mais avant de chercher l'ordre dans lequel on préſentera ſes penſées, il faut s'en être fait un autre plus général, où ne doivent entrer que les premières vûes & les principales idées: c'eſt en marquant leur place ſur ce plan qu'un ſujet ſera circonſcrit, & que l'on en connoîtra l'étendue: c'eſt en ſe rappellant ſans ceſſe ces premiers linéamens, qu'on déterminera les juſtes intervalles qui ſéparent les idées principales, & qu'il naîtra des idées acceſſoires & moïennes qui ſerviront à les remplir. Par la force du génie, on ſe repréſentera toutes les idées générales & particulières ſous leur véritable point de vûe; par une grande fineſſe de diſcernement, on diſtinguera les penſées ſtériles des idées fécondes; par la ſagacité que donne la grande habitude d'écrire, on ſentira d'avance quel ſera le produit de toutes ces opérations de l'eſprit. Pour peu que le ſujet ſoit vaſte ou compliqué, il eſt bien rare qu'on puiſſe l'embraſſer d'un coup d'œil, ou le pénétrer en entier d'un ſeul & premier effort de génie; & il eſt rare encore, qu'après bien des réfléxions, on en ſaiſiſſe tous les rapports. On ne peut donc trop s'en occuper, c'eſt même le ſeul moyen d'affermir, d'étendre & d'élever ſes penſées : plus on leur donnera de ſubſtance & de force, plus il ſera facile enſuite de les réaliſer par l'expreſſion.

Ce plan n'eſt pas encore le ſtile, mais il en eſt la baſe; il le ſoutient, il le dirige, il règle ſon mouvement, & le ſoumet à des loix : ſans cela, le meilleur Ecrivain s'égare, ſa plume marche ſans guide, & jette à l'aventure des traits irréguliers & des figures diſcordantes. Quelque brillantes que ſoient les couleurs qu'il employe, quelques beautés qu'il ſeme dans les détails, comme l'enſemble choquera, ou ne ſe fera point ſentir, l'ouvrage ne ſera point conſtruit; & en admirant l'eſprit de l'Auteur, on pourra ſoupçonner qu'il manque de génie. C'eſt par cette raiſon que ceux qui écrivent comme ils parlent, quoiqu'ils parlent très-bien, écrivent mal; que ceux qui s'abandonnent au premier feu de leur imagination, prennent un ton qu'ils ne peuvent ſoutenir; que ceux qui craignent de perdre des penſées iſolées, fugitives, & qui écrivent en différens temps des morceaux détachés, ne les réuniſſent jamais ſans tranſitions forcées; qu'en un mot, il y a tant d'Ouvrages faits de pièces de rapport, & ſi peu qui ſoient fondus d'un ſeul jet.

Cependant tout ſujet eſt un ; & quelque vaſte qu'il ſoit, il peut être renfermé dans un ſeul diſcours ; les interruptions, les repos, les ſections ne devroient être d'uſage que quand on traite des ſujets différens, ou lorſqu'ayant à parler de choſes grandes, épineuſes & diſparates, la marche du génie ſe trouve interrompue par la multiplicité des obſtacles, & contrainte par la néceſſité des circonſtances ; autrement, le grand nombre de diviſions, loin de rendre un Ouvrage plus ſolide, en détruit l'aſſemblage ; le Livre paroît plus clair aux yeux, mais le deſſein de l'Auteur demeure obſcur ; il ne peut faire impreſſion ſur l'eſprit du Lecteur, il ne peut même ſe faire ſentir que par la continuité du fil, par la dépendance harmonique des idées, par un développement ſucceſſif, une gradation ſoutenue, un mouvement uniforme que toute interruption détruit ou fait languir.

Pourquoi les ouvrages de la nature ſont-ils ſi parfaits ? C'eſt que chaque ouvrage eſt un tout, & qu'elle travaille ſur un plan éternel, dont elle ne s'écarte jamais ; elle prépare en ſilence les germes de ſes productions ; elle ébauche par un acte unique la forme primitive de tout être vivant ; elle la développe, elle la perfectionne par un mouvement continu, & dans un temps preſcrit. L'ouvrage étonne, mais c'eſt l'empreinte divine dont il porte les traits qui doit nous frapper. L'eſprit humain ne peut rien créer, il ne produira qu'après avoir été fécondé par l'expérience & la méditation ; ſes connoiſſances ſont les germes de ſes productions : mais s'il imite la nature dans ſa marche & dans ſon travail, s'il s'élève par la contemplation aux vérités les plus ſublimes, s'il les réunit, s'il les enchaîne, s'il en forme un ſyſtême par la réfléxion, il établira ſur des fondemens inébranlables des monumens immortels.

C'eſt faute de plan, c'eſt pour n'avoir pas aſſés réfléchi ſur ſon objet, qu'un homme d'eſprit ſe trouve embarraſſé, & ne ſait par où commencer à écrire : il apperçoit un grand nombre d'idées ; & comme il ne les a ni comparées, ni ſubordonnées, rien ne le détermine à préférer les unes aux autres ; il demeure donc dans la perplexité : mais lorſqu'il ſe ſera fait un plan, lorſqu'une fois il aura raſſemblé & mis en ordre toutes les idées eſſentielles à ſon ſujet, il s'appercevra aiſément de l'inſtant auquel il doit prendre la plume, il ſentira le point de maturité de la production de l'eſprit, il ſera preſſé de la faire éclore, il n'aura même que du plaiſir à écrire ; les penſées ſe ſuccéderont aiſément, & le ſtile ſera naturel & facile ; la chaleur naîtra de ce plaiſir, ſe répandra par-tout, & donnera de la vie à chaque expreſſion ; tout s'animera de plus en plus, le ton s'élevera, les objets prendront de la couleur, & le ſentiment ſe joignant à la lumière, l'augmentera, la portera plus loin, la fera paſſer de ce que l'on dit à ce que l'on va dire, & le ſtile deviendra intéreſſant & lumineux.

Rien ne s'oppoſe plus à la chaleur, que le deſir de mettre par-tout des traits ſaillans ; rien n'eſt plus contraire à la lumière, qui doit faire un corps

&

& ſe répandre uniformément dans un Ecrit, que ces étincelles qu'on ne tire que par force en choquant les mots les uns contre les autres, & qui ne vous éblouiſſent pendant quelques inſtans, que pour vous laiſſer enſuite dans les ténébres. Ce ſont des penſées qui ne brillent que par l'oppoſition, l'on ne préſente qu'un côté de l'objet, on met dans l'ombre toutes les autres faces, & ordinairement ce côté qu'on choiſit eſt une pointe, un angle ſur lequel on fait jouer l'eſprit avec d'autant plus de facilité, qu'on l'éloigne davantage des grandes faces ſous leſquelles le bon ſens a coutume de conſiderer les choſes.

Rien n'eſt encore plus oppoſé à la véritable éloquence, que l'emploi de ces penſées fines, & la recherche de ces idées légères, déliées, ſans conſiſtance, & qui, comme la feuille du métal battu, ne prennent de l'éclat qu'en perdant de la ſolidité: auſſi plus on mettra de cet eſprit mince & brillant dans un Ecrit, moins il y aura de nerf, de lumière, de chaleur & de ſtile, à moins que cet eſprit ne ſoit lui-même le fond du ſujet, & que l'Ecrivain n'ait pas eu d'autre objet que la plaiſanterie: alors l'art de dire de petites choſes devient peut-être plus difficile que l'art d'en dire de grandes.

Rien n'eſt plus oppoſé au beau naturel, que la peine qu'on ſe donne pour exprimer des choſes ordinaires ou communes d'une manière ſingulière ou pompeuſe; rien ne dégrade plus l'Ecrivain. Loin de l'admirer, on le plaint d'avoir paſſé tant de temps à faire de nouvelles combinaiſons de ſyllabes, pour ne dire que ce que tout le monde dit. Ce défaut eſt celui des eſprits cultivés, mais ſtériles; ils ont des mots en abondance, point d'idées; ils travaillent donc ſur les mots, & s'imaginent avoir combiné des idées, parce qu'ils ont arrangé des phraſes, & avoir épuré le langage, quand ils l'ont corrompu en détournant les acceptions. Ces Ecrivains n'ont point de ſtile, ou ſi l'on veut, ils n'en ont que l'ombre; le ſtile doit graver des penſées, ils ne ſavent que tracer des paroles.

Pour bien écrire, il faut donc poſſéder pleinement ſon ſujet, il faut y réfléchir aſſés pour voir clairement l'ordre de ſes penſées, & en former une ſuite, une chaîne continue, dont chaque point repréſente une idée; & lorſqu'on aura pris la plume, il faudra la conduire ſucceſſivement ſur ce premier trait, ſans lui permettre de s'en écarter, ſans l'appuyer trop inégalement, ſans lui donner d'autre mouvement que celui qui ſera déterminé par l'eſpace qu'elle doit parcourir. C'eſt en cela que conſiſte la ſévérité du ſtile, c'eſt auſſi ce qui en fera l'unité & ce qui en réglera la rapidité; & cela ſeul auſſi ſuffira pour le rendre précis & ſimple, égal & clair, vif & ſuivi. A cette première règle dictée par le génie, ſi l'on joint de la délicateſſe & du goût, du ſcrupule ſur le choix des expreſſions, de l'attention à ne nommer les choſes que par les termes les plus généraux, le ſtile aura de la nobleſſe. Si l'on y joint encore de la défiance pour ſon premier mouvement, du mépris pour tout ce qui n'eſt que brillant, & une répugnance conſtante pour l'équivoque & la plaiſanterie, le ſtile aura de la gravité, il aura même de la majeſté. Enfin, ſi l'on écrit comme l'on penſe, ſi l'on eſt convaincu de ce que l'on veut perſuader, cette bonne foi avec ſoi-même, qui fait la bienſéance pour les autres & la vérité du ſtile, lui fera produire tout ſon effet, pourvû que cette perſuaſion intérieure ne ſe marque pas par un enthouſiaſme trop fort, & qu'il y ait par-tout plus de candeur que de confiance, plus de raiſon que de chaleur.

C'eſt ainſi, Messieurs, qu'il me ſembloit en vous liſant que vous me parliés, que vous m'inſtruiſiés; mon ame, qui recueilloit avec avidité ces oracles de la ſageſſe, vouloit prendre l'eſſor & s'élever juſqu'à vous : vains efforts ! Les règles, diſiés-vous encore, ne peuvent ſuppléer au génie ; s'il manque, elles ſeront inutiles: bien écrire, c'eſt tout à la fois bien penſer, bien ſentir & bien rendre, c'eſt avoir en même temps de l'eſprit, de l'ame & du goût ; le ſtile ſuppoſe la réunion & l'exercice de toutes les facultés intellectuelles ; les idées ſeules forment le fond du ſtile, l'harmonie des paroles n'en eſt que l'acceſſoire, & ne dépend que de la ſenſibilité des organes. Il ſuffit d'avoir un peu d'oreille, pour éviter les diſſonances des mots; & de l'avoir exercée, perfectionnée par la lecture des Poëtes & des Orateurs, pour que méchaniquement on ſoit porté à l'imitation de la cadence poëtique & des tours oratoires. Or jamais l'imitation n'a rien créé; auſſi cette harmonie des mots ne fait ni le fond ni le ton du ſtile, & ſe trouve ſouvent dans des Ecrits vuides d'idées.

Le ton n'eſt que la convenance du ſtile à la nature du ſujet ; il ne doit jamais être forcé ; il naîtra naturellement du fond même de la choſe, & dépendra beaucoup du point de généralité auquel on aura porté ſes penſées. Si l'on s'eſt élevé aux idées les plus générales, & ſi l'objet en lui-même eſt grand, le ton paroîtra s'élever à la même hauteur ; & ſi en le ſoutenant à cette élevation, le génie fournit aſſés pour donner à chaque objet une forte lumière, ſi l'on peut ajouter la beauté du coloris à l'énergie du deſſein, ſi l'on peut en un mot repréſenter chaque idée par une image vive & bien terminée, & former de chaque ſuite d'idées un tableau harmonieux & mouvant, le ton ſera non-ſeulement élevé, mais ſublime.

Ici, MESSIEURS, l'application feroit plus que la règle, les exemples inſtruiroient mieux que les préceptes ; mais comme il ne m'eſt pas permis de citer les morceaux ſublimes qui m'ont ſi ſouvent tranſporté en liſant vos Ouvrages, je ſuis contraint de me borner à des réfléxions. Les Ouvrages bien écrits ſeront les ſeuls qui paſſeront à la poſtérité ; la multitude des connoiſſances, la ſingularité des faits, la nouveauté même des découvertes, ne ſont pas de ſûrs garants de l'immortalité ; ſi les Ouvrages qui les contiennent ne roulent que ſur de petits objets, s'ils ſont écrits ſans goût, ſans nobleſſe & ſans génie, ils périront ; parce que les connoiſſances, les faits & les découvertes s'enlèvent aiſément, ſe tranſportent, & gagnent même à être miſes en œuvre par des mains plus habiles. Ces choſes ſont hors de l'homme, le ſtile eſt l'homme même; le ſtile ne peut donc ni s'enlever, ni ſe tranſporter, ni s'alterer; s'il eſt élevé, noble, ſublime, l'Auteur ſera également admiré dans tous les temps; car il n'y a que la vérité qui ſoit durable, & même éternelle. Or un beau ſtile n'eſt tel en effet, que par le nombre infini de vérités qu'il préſente. Toutes les beautés intellectuelles qui s'y trouvent, tous les rapports dont il eſt compoſé, ſont autant de vérités auſſi utiles, & peut-être plus précieuſes pour l'eſprit humain, que celles qui peuvent faire le fond du ſujet.

Le ſublime ne peut être que dans les grands ſujets. La Poëſie, l'Hiſtoire & la Philoſophie ont toutes le même objet, & un très-grand objet, l'Homme & la Nature. La Philoſophie décrit & dépeint la nature; la Poëſie la peint & l'embellit, elle peint auſſi les hommes, elle les agrandit, elle les exagère, elle crée les Héros & les Dieux. L'Hiſtoire ne peint que l'homme, & le peint tel qu'il eſt : ainſi le ton de l'Hiſtorien ne deviendra ſublime, que quand il fera le portrait des plus grands hommes, quand il expoſera les plus grandes actions, les plus grands mouvemens, les plus grandes révolutions, & par-tout ailleurs il ſuffira qu'il ſoit majeſtueux & grave. Le ton du Philoſophe pourra devenir ſublime toutes les fois qu'il parlera des loix de la nature, des êtres en général, de l'eſpace, de la matière, du mouvement & du temps, de l'ame, de l'eſprit humain, des ſentimens, des paſſions; dans le reſte il ſuffira qu'il ſoit noble & élevé. Mais le ton de l'Orateur ou du Poëte, dès que le ſujet eſt grand, doit toujours être ſublime, parce qu'il eſt le maître de joindre à la grandeur du ſujet autant de couleur, autant de mouvement, autant d'illuſion qu'il lui plaît ; & que devant toujours peindre & toujours agrandir les objets, il doit auſſi par-tout employer toute la force & déployer toute l'étendue de ſon génie.

Que de grands objets, MESSIEURS, frappent ici mes yeux ! Et quel ſtile & quel ton faudroit-il employer pour les peindre & les repréſenter dignement ? L'élite des Hommes eſt aſſemblée. La Sageſſe eſt à leur tête. La Gloire, aſſiſe au milieu d'eux, répand ſes rayons ſur chacun, & les couvre tous d'un éclat toujours le même & toujours renaiſſant. Des traits d'une lumière plus vive encore partent de ſa couronne immortelle, & vont ſe réunir ſur le front auguſte du plus puiſſant & du meilleur des Rois. Je le vois ce Héros, ce Prince adorable, ce Maître ſi cher. Quelle nobleſſe dans tous ſes traits ! Quelle majeſté dans toute ſa perſonne ! Que d'ame & de douceur naturelle dans ſes regards ! Il les tourne vers vous, MESSIEURS, & vous brillés d'un nouveau feu ; une ardeur plus vive vous embraſe ; j'entends déja vos divins accens & les accords de vos voix ; vous les réuniſſés pour célébrer ſes vertus, pour chanter ſes victoires, pour applaudir à notre bonheur ; vous les réuniſſés pour faire éclater votre zèle, exprimer votre amour, & tranſmettre à la poſtérité des ſentimens dignes de ce grand Roi & de ſes Deſcendans. Quels concerts !

Ils pénétrent mon cœur; ils ſeront immortels, comme le nom de LOUIS.

Dans le lointain, quelle autre ſcène de grands objets! Le Génie de la France qui parle à Richelieu, & lui dicte à la fois l'art d'éclairer les Hommes & de faire régner les Rois. La Juſtice & la Science qui conduiſent Seguier, & l'élèvent de concert à la première place de leurs Tribunaux. La Victoire qui s'avance à grands pas, & précéde le char triomphal de nos Rois, où LOUIS LE GRAND, aſſis ſur des trophées, d'une main offre la paix aux Nations vaincues, & de l'autre raſſemble dans ce Palais les Muſes diſperſées. Et près de moi, MESSIEURS, quel autre objet intéreſſant! La Religion en pleurs, qui vient emprunter l'organe de l'Eloquence pour exprimer ſa douleur, & ſemble m'accuſer de ſuſpendre trop longtemps vos regrets ſur une perte que nous devons tous reſſentir avec elle.

RÉPONSE de M. DE MONCRIF *au Discours de M.* DE BUFFON.

MONSIEUR,

LE ſort qui diſpoſe ſeul, parmi nous, de la place où j'ai l'honneur d'être aujourd'hui, pouvoit, ſans doute, faire un plus heureux choix. Je ne ſais par quelle ſorte d'enchaînement il ſe plaît à m'en impoſer les fonctions, quand elles ont pour objet l'adoption publique de quelques-uns des Membres les plus diſtingués dans une Académie où vous vous êtes rendu ſi recommandable.

M. de Maupertuis avoit entrepris & achevé les fameuſes opérations qui ont déterminé la figure de la Terre, lorſque ſa reception devint pour moi un devoir, dont je ne pouvois qu'être flaté. Vous venés d'expoſer aux regards du monde ſavant, ce même globe obſervé juſque dans ſes profondeurs, autant que l'œil du Philoſophe peut y pénétrer; vous avés dévoilé le myſtère de ce chaos, de ces contrarietés qui ne préſentent d'abord que des mêlanges incompatibles de renverſemens & d'immobilité, de ruines & de richeſſes, d'inaction & de métamorphoſes : effets incompréhenſibles de ce qu'on appelle le hazard.

Ces mêmes objets mieux approfondis, vous dé-

couvrent

couvrent les marques ſi reconnoiſſables de l'ordre de la vie, du calme, de la fécondité de l'harmonie : & ce ſpectacle conduit néceſſairement à la contemplation d'une intelligence créatrice qui s'annonce par la voix de toutes ces merveilles.

C'eſt ainſi, Monsieur, que vous nous avés fait connoître les droits que nous avions ſur vous. Car il eſt un centre commun où toutes les Académies ſe réuniſſent, quelque différens que ſoient les objets de leurs travaux. Ce n'eſt pas ſeulement par cette connoiſſance profonde des principes de la langue ; par ces richeſſes cachées au vulgaire, prodiguées au génie, & que vous avés ſi heureuſement employées. Je parle de ce point de vûe moral, par lequel toutes les Sciences doivent être conſiderées : De ce tribunal de la raiſon qui leur aſſigne un rang plus ou moins honorable, ſelon qu'elles conduiſent à des connoiſſances plus propres à perfectionner la raiſon même, je veux dire plus conformes à la Religion, aux bonnes mœurs, au bonheur de la vie.

Oui, Monsieur, c'eſt par cette manière de marcher dans la route des grandes découvertes, que vous vous êtes attiré le vœu de l'Académie : Avec quelle eſtime n'a-t-elle pas remarqué, dès vos premières obſervations de la nature, votre penchant à n'embraſſer que des vûes utiles à votre ſiècle : Qu'avec plaiſir elle a reconnu que vous étiés deſtiné à lui appartenir, ſur-tout par la modération, la défiance qui vous accompagnent dans tous vos progrès. Ce que d'autres propoſeroient comme des vérités non encore apperçues, ou qui n'ont été reconnues qu'à peine, vous ne le présentés que comme des conjectures auxquelles vous pouvés assigner raisonnablement un plus grand nombre de probabilités.

Telle est la différence de l'homme doué d'un beau génie, & en même temps Philosophe, à celui qui ne peut profiter qu'en quelques points du degré de lumière où son siècle est parvenu. Les découvertes que le premier a faites, il se contente de les indiquer; il est prêt de déférer à des découvertes plus satisfaisantes; sublimité de raison qui n'est bien reconnue que de ceux qui en seroient capables. Le second, s'il peut saisir quelques vûes qui ayent l'air de nouveauté, il les étend en superficie; il s'en f rme dans son idée un petit univers, qu'il retouche, qu'il étaye sans cesse: aveu forcé de la fragilité qu'il y découvre lui-même.

Il est vrai que dans la carrière des Sciences sublimes, on n'a pas évité tous les écueils, en se garantissant des piéges de la présomption. On n'est pas sûr d'échapper aux craintes, aux soupçons que font naître, & souvent dans les esprits les plus éclairés, les vûes profondes qui présentent une idée d'universalité. Quelles oppositions la nouvelle Philosophie ne trouva-t-elle pas à sa naissance? Si, pour l'étouffer ou l'exclure, une Compagnie justement accréditée dans l'Empire des Lettres & des Sciences, s'éleva avec ardeur, ce n'étoit pas qu'elle ne connût tout ce que la Philosophie ancienne avoit d'insuffisant, & quel pas immenſe *Deſcartes* faiſoit faire à l'eſprit humain ; ſa Philoſophie dût-elle éprouver quelques reſtrictions. Mais ces Savans judicieux connoiſſoient mieux encore dans quels égaremens les nouveautés d'un certain ordre, quoiqu'irréprochables en elles-mêmes, peuvent entraîner le commun des hommes, tant qu'elles ne ſont pas ſuffiſamment éclaircies. Cet intervalle dangereux, dont on pouvoit moins alors évaluer la durée, cauſa leurs juſtes allarmes. Inſenſiblement les nuages ſe diſſiperent, & cette lumière nouvelle répandue enfin par eux-mêmes, acheva de ramener le calme dans le monde ſavant.

Vous jouiſſés actuellement, MONSIEUR, de cette tranquillité ſi ſatisfaiſante, & ſi propre à nourrir votre amour pour les grands travaux. Un Corps auſſi reſpectable qu'éclairé vient d'écarter les doutes que dans le premier aſpect *votre Théorie de la Terre* auroit pu faire naître ; & il en eſt des ſuccès de l'eſprit comme de l'éclat des vertus, les épreuves ſont le ſceau de la certitude & de la gloire.

Cette louable inquiétude, ou pour mieux dire, ce zèle pur, qui quelquefois penche trop rapidement vers l'objection & la difficulté, diſtinguoit principalement l'illuſtre Prélat à qui vous ſuccedés.

Monſieur l'Archevêque de Sens depuis quelques années, éprouvoit un affoibliſſement ſenſible dans ſa ſanté : cependant il réfléchiſſoit ſouvent ſur un Traité du genre ſupérieur dont je parle, Ouvrage d'un de nos Confrères, autant chéri parmi nous, qu'illuſtre dans l'Europe. Il ſe demandoit compte à lui-même, de quelques craintes qui l'avoient frappé dans une première lecture; le terme de ſa vie l'a ſurpris dans cette recherche. Qu'avec ſatisfaction il en eût recueilli le fruit!

Auſtère par état, moderé, & même facile par un penchant naturel (que peut-être il ne ſe permit pas aſſés de ſuivre :) s'il ſe montroit impétueux, infléxible, quand il défendoit ſes principes qu'il croyoit attaqués, il devenoit doux, conciliant, lorſqu'il ne s'agiſſoit que d'en inſpirer la pratique. Il régnoit une certaine onction dans ſes prédications preſque journalières; car quelles fonctions de ſon Miniſtère ne rempliſſoit-il pas aſſidument? On l'a vû ſuivre conſtamment la chaîne de ſes devoirs, à commencer par ceux qui ſont les plus obſcurs & les plus pénibles. Jamais le Prélat n'a éclipſé le ſimple Eccléſiaſtique; & dans un état d'élevation, la ſimplicité approche plus de la perfection chrétienne, que ne fait la modeſtie.

La vraie ſimplicité porte un caractère qui la diſtingue entre les autres vertus; elle s'ignore elle-même : c'eſt en nous un entier oubli de nos avantages perſonnels; au lieu que la modeſtie ſe contente de les mettre au-deſſous de ce qu'ils paroiſſent aux yeux des autres.

Monſieur l'Archevêque de Sens joignoit à cette heureuſe ſimplicité, l'aménité dans le commerce de la vie; les actions charitables dans tous genres, & toujours éclairées; enfin des mœurs irréprochables. Quel bonheur pour le Diocèſe de trouver les mêmes vertus dans le ſucceſſeur de ce Prélat !

Appellé à la Cour par des devoirs, avec quelle vénération il conſideroit ſur le Trône, les dons du Ciel qui font le bonheur des Sujets ! Combien il admiroit cette vertu ſi pure qui eſt accompagnée de toutes les graces de l'eſprit ! Quels ſentimens de reſpect & d'amour lui inſpiroit dans la perſonne du Monarque, cette majeſté ſi impoſante, quoique temperée par un caractère de bonté qui attire les cœurs , cette douceur, cette égalité d'humeur ſi peu ordinaire dans un rang qui diſpenſe de toute contrainte ! Faveur juſtement comparée à celle de l'aſtre bienfaiſant dont les regards font naître des fleurs, embelliſſent les objets où l'on ne verroit que ſtérilité & que triſteſſe.

Vous l'éprouvés, MONSIEUR, dans ces momens où le Roi ſe plaît à être inſtruit du progrès de vos travaux par vous-même. Quelle récompenſe pourroit vous être plus chère ? Qu'avec zèle vous viendrez dans nos Aſſemblées partager les ſentimens d'admiration, de reconnoiſſance, dont nous ſommes pénétrés pour la perſonne d'un Monarque qui daigne joindre à tant d'autres titres garants de l'immortalité, celui de Protecteur de l'Académie !

www.ingramcontent.com/pod-product-compliance
Lightning Source LLC
LaVergne TN
LVHW052033160826
845678LV00003B/1322

* 9 7 8 2 3 2 9 6 2 5 0 4 1 *